모두가 네 탓

시인 **나태주**

출생: 1945년 3월 16일
데뷔: 1971년 서울신문 신춘문예 시 당선
대표작: 풀꽃, 내가 너를, 멀리서 빈다, 행복, 선물
현재 공주문화원 원장, 한국시인협회 심의위원장 역임 등 대한민국 시문화 발전에 이바지하고 있다.

배우 **이종석**

출생: 1989년 9월 14일
대표작: 학교2013, 너의 목소리가 들려, 닥터 이방인, W, 당신이 잠든 사이에
현재 드라마와 영화를 넘나들며 국내 뿐 아니라 해외에서도 인정받는 대한민국의 배우이다.

나태주 × 이종석

당신에게도 내가 받았던 위로가 전해지길

차례

인생과 시의 참맛을 아는 배우 이종석

나는 텔레비전을 잘 보지 않는 사람이다. 그러므로 연속극이나 연예계에 대한 소식을 잘 알지 못한다. 그 방면의 까막눈이다. 미안하게도 나는 배우 이종석 씨가 「학교2013」이란 티브이 연속극에서 내 시 「풀꽃」을 낭송한 것도 처음엔 알지 못했다.

나중에 주변 사람들이 보았다면서 나더러 왜 그 장면을 보지 않았느냐 채근하기에 인터넷 유튜브를 통해서 보았다. 억울한 사연으로 전학 갈 수밖에 없는 학우를 응원하기 위해서 「풀꽃」 시를 외우는 남자 배우가 참 멋지고 잘 생겼다는 생각이 들었다.

특히 반쯤 돌아서서 짐짓 무심한 듯 외우는 그의 모습이 더욱 매력적이었다. 짧은 문장인데도 천천히 상황에 맞도록 강약과 음조를 조정하면서 외우는 그의 낭송은 그 어떤 낭송가의 낭송보다도 일품이었다. 남자인 내가 보아도 시를 읽는 그의 입술이 너무나 귀엽고 사랑스러웠다.

시의 마지막 문장인 '너도 그렇다'가 더욱 매력적이었다. 가슴이 철렁 내려앉는다는 느낌이었을까. 그러니 젊은 여성 팬들의 눈과 귀엔 어떻게 보이고 들렸을까. 그 뒤로 강연장에 나가면 학생들은 예외 없이 나더러 '이종석이 읽은 「풀꽃」이란 시를 쓴 시인, 그 나태주'냐고 물었다. 그러면서 시인이 왜 그렇게 많이 늙은 사람이냐 의아해하기도 했다. 배우와 비교된다는 말일 것이다.

모두가 네 탓

우연한 기회에 연결이 닿아 이종석 씨와 두 차례 만난 일이 있다. 서울에서 한 차례. 공주에서 한 차례. 첫인상이 매우 유순하고 속이 깊고 주변 사람을 많이 배려하는 사람으로 보였다. 공주에 왔을 때는 주로 공주풀꽃문학관과 공주성당과 '루치아의 뜰'이라는 찻집과 이광복 화백의 집에서 시간을 보냈는데 정말로 이종석 씨는 함께 있는 사람들을 편하게 해주는 사람이었다.

거의 한나절을 함께 이야기하면서 보냈다. 그는 나의 시뿐만 아니라 다른 시인들의 시에 대해서도 관심을 보였고 스스로 시를 지어보았으면 하는 소망을 지니고도 있었다. 나는 이종석 씨와 일본의 짧은 시가 하이쿠에 대해서 이야기했다. 그러면서 '말이 없었다. 손님도 주인장도 흰 국화꽃도'(료오타)라는 시를 외우면서 어떻게 하면 좋은 시를 쓸 수 있는가에 대해서 담소했다.

순한 학생 같았다. 오해나 거부감 없이 상대방의 이야기에 귀를 기울이는 모습이 담백했다. 속내가 깊고 맑았다. 구차한 변명이나 언어의 수식 같은 것도 없었다. 본질적인 사람이었다. 내면으로는 옹골차면서도 겉으로는 부드럽다는 것. 그것은 젊은 사람으로서는 그다지 쉬운 일이 아니다. 결국은 그가 진실한 사람이었다는 걸 나는 이렇게 우회적으로 표현하고 있는 것이다.

인기 있는 연예인이라 해도 그도 사람이니 살아오면서 왜 어려운 일, 힘든 일이 없었을까. 어려운 일이 있을 때마다 나의 시를 읽고 위로를 받았다니 놀랍고 고마운 일이다. 공주를 다녀간 뒤로 그는 자기의 화보집에 나의 시를 넣어 책을 내보겠다 해서 그렇게 하자고 의견 일치를 보았다. 이 또한 재미있고 유익한 일이 아니겠는가!

참 아름답고 순하고 좋은 이 땅의 연기자, 인기 절정의 한 배우와 함께 책을 내는 일이 기쁘다. 나의 시가 그의 책에 들어가 그의 모습을 더욱 아름답게 깊이 있게 표현해주는 데에 도움이 되기를 소망한다. 시를 알고 시를 읽을 줄 아는 배우 한 사람을 우리가 알게 된 것을 나는 앞으로도 오래 잊지 못할 것이다.

시를 알고 시를 사랑하고 힘든 일, 어려운 삶의 고비마다 시를 읽으며 스스로 감동하면서 위로와 축복을 자청해서 받을 줄 아는 한 젊은 배우를 우리가 가져 우리 자신까지도 행복하고 자랑스럽다. 그의 앞으로의 연기 생활에 영광과 축복이 있기를 빌며 그가 연기자로서 대성하는 모습을 보고 싶다.

우리가 그를 충분히 사랑하고 있다는 것을 그가 알아주었으면 좋겠다. '이 세상에서 누군가를 조건 없이 사랑하는 것보다 더 기쁜 일은 없고, 또 누군가로부터 조건 없이 사랑받고 있다는 것을 아는 것보다 더 행복한 일은 없다'는 말이 있다. 이종석 씨에게 들려주고 싶은 말이다.

chapter
01

나 사랑하고 있다

나 사랑하고 있다

사랑해
당장 마주하는 이 순간이 세상 전부 인 듯,
예쁘게도 피었다.

사랑은 언제나 서툴다

서툴지 않은 사랑은 이미
사랑이 아니다
어제 보고 오늘 보아도
서툴고 새로운 너의 얼굴

낯설지 않은 사랑은 이미
사랑이 아니다
금방 듣고 또 들어도
낯설고 새로운 너의 목소리

어디서 이 사람을 보았던가...
이 목소리 들었던가...
서툰 것만이 사랑이다
낯선 것만이 사랑이다

오늘도 너는 내 앞에서
다시 한 번 태어나고
오늘도 나는 네 앞에서
다시 한 번 죽는다.

그리움

더는 참을 수 없다
이제는 먹을 갈아야지.

모두가 네 탓

너도 그러냐

나는 너 때문에 산다

밥을 먹어도
얼른 밥 먹고 너를 만나러 가야지
그러고
잠을 자도
얼른 날이 새어 너를 만나러 가야지
그런다

네가 곁에 있을 때는 왜
이리 시간이 빨리 가나 안타깝고
네가 없을 때는 왜
이리 시간이 더딘가 다시 안타깝다

멀리 길을 떠나도 너를 생각하며 떠나고
돌아올 때도 너를 생각하며 돌아온다
오늘도 나의 하루해는 너 때문에 떴다가
너 때문에 지는 해이다

너도 나처럼 그러냐?

그래도

나는 네가 웃을 때가 좋다
나는 네가 말을 할 때가 좋다
나는 네가 말을 하지 않을 때도 좋다
뾰로통한 네 얼굴, 무덤덤한 표정
때로는 매정한 말씨
그래도 좋다.

chapter 01
나 사랑하고 있다

모두가 네 탓

chapter 01
나 사랑하고 있다

언제나

네가 있어 좋아
그냥 네가 있어 좋아
웃어도 좋고
웃지 않아도 좋고
말을 해도 좋고
말을 하지 않아도 좋아
네가 있어 좋아
언제나 내 앞에
네가 있어 좋아.

섬에서

그대, 오늘

볼 때마다 새롭고
만날 때마다 반갑고
생각날 때마다 사랑스런
그런 사람이었으면 좋겠습니다

풍경이 그러하듯이
풀잎이 그렇고
나무가 그러하듯이.

통화

자면서도 나는
그대에게 전화를
걸고 있습니다

그대 생각만으로 살았다고
내일도 그대 생각 가득할 것이라고

자면서도 나는
그대로부터 전화를
받고 있습니다.

서로가 꽃

우리는 서로가
꽃이고 기도다

나 없을 때 너
보고 싶었지?
생각 많이 났지?

나 아플 때 너
걱정됐지?
기도하고 싶었지?

그건 나도 그래
우리는 서로가
기도이고 꽃이다.

너 때문에

공기주머니 너는
산소로 가득한
말랑말랑한

고무풍선 너는
향기로 가득한
야튼 말랑말랑한

너를 안아본다
안아본다는
생각만으로도

가슴이 부푼다
나도 고무풍선이 되어
두둥실 떠오른다

허공이 예쁘다
너 때문에 예쁘다
나도 또한 말랑말랑.

너의 얼굴 바라봄이 반가움이다
너의 목소리 들음이 고마움이다
너의 눈빛 스침이 끝내 기쁨이다

끝끝내

너의 숨소리 듣고 네 옆에
내가 있음이 그냥 행복이다
이 세상 네가 살아있음이
나의 살아있음이고 존재이유다.

모두가 네 탓

비밀일기

하나님 딱 한 번만 눈감아 주십시오

햇빛 밝은 세상에 숨 쉬고 있는 동안
이 조그만 여자 하나
가슴에 품고 살아가는 죄 하나만
용서하십시오

키가 작은 여자
눈이 작은 여자
꿈조차 작은 여자

잠시만 이 여자 사랑하다 감을 용서하소서.

바로 말해요

바로 말해요 망설이지 말아요
내일 아침이 아니에요 지금이에요
바로 말해요 시간이 없어요

사랑한다고 말해요
좋았다고 말해요
보고 싶었다고 말해요

해가 지려고 해요 꽃이 지려고 해요
바람이 불고 있어요 새가 울어요
지금이에요 눈치보지 말아요

사랑한다고 말해요
좋았다고 말해요
그리웠다고 말해요

모두가 네 탓

chapter 01
나 사랑하고 있다

모두가 네 탓

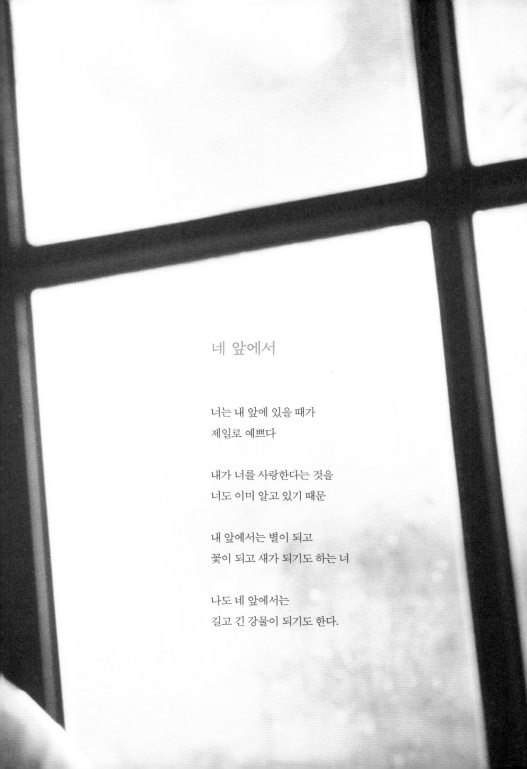

네 앞에서

너는 내 앞에 있을 때가
제일로 예쁘다

내가 너를 사랑한다는 것을
너도 이미 알고 있기 때문

내 앞에서는 별이 되고
꽃이 되고 새가 되기도 하는 너

나도 네 앞에서는
길고 긴 강물이 되기도 한다.

돌아가기엔 이미 너무 많이 와버렸고
버리기에는 차마 아까운 시간입니다.

어디선가 서리 맞은 어린 장미 한 송이
피를 문 입술로 이쪽을 보고 있을 것만 같습니다.

낮이 조금 더 짧아졌습니다
더욱 그대를 사랑해야 하겠습니다.

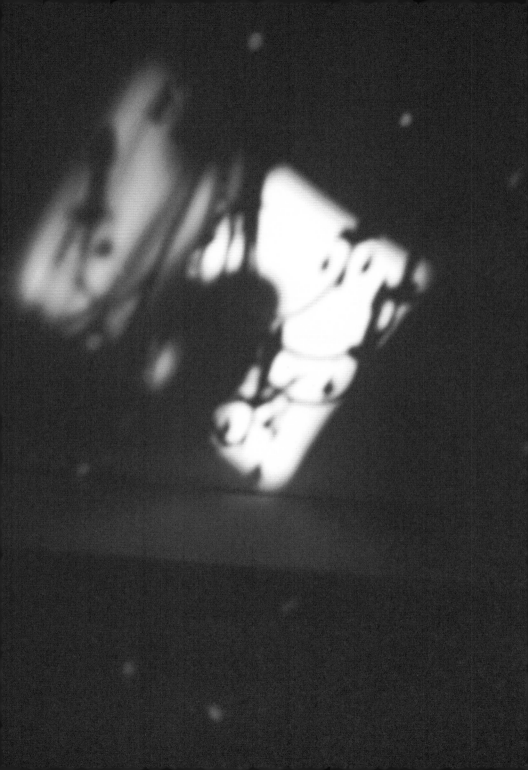

모두가 네 탓

들길을 걸으며

세상에 와 그대를 만난 건
내게 얼마나 행운이었나
그대 생각 내게 머물므로
나의 세상은 빛나는 세상이 됩니다
많고 많은 사람 중에 그대 한 사람
그대 생각 내게 머물므로
나의 세상은 따뜻한 세상이 됩니다.

아름다운 사람

아름다운 사람
눈을 둘 곳이 없다
바라볼 수도 없고
그렇다고 아니 바라볼 수도 없고
그저 눈이
부시기만 한 사람.

모두가 네 탓

오늘의 꽃

웃어도 예쁘고
웃지 않아도 예쁘고
눈을 감아도 예쁘다

오늘은 네가 꽃이다.

요즘 며칠 너 보지 못해
목이 말랐다

어제 밤에도 깜깜한 밤
보고 싶은 마음에
더욱 깜깜한 마음이었다

몇 날 며칠 보고 싶어
목이 말랐던 마음
깜깜한 마음이
눈이 되어 내렸다

네 하얀 마음이 나를
감싸 안았다.

바람 부는 날

너는 내가 보고 싶지도 않니?
구름 위에 적는다

나는 너무 네가 보고 싶단다!
바람 위에 띄운다

모두가 네 탓

부탁이야

오래가 아니야 조금
많이가 아니야 조금
네 앞에서 잠시
앉아있고 싶어

나는 왜 내가 이렇게 되었는지
나도 잘 모르겠어

금방 보고 헤어졌는데도
보고 싶은 네 얼굴
금방 듣고 돌아섰는데도
듣고 싶은 네 목소리

어둔 하늘 혼자서 반짝이는 나는 별
외론 산길에 혼자서 가는 나는 바람

웃는 네 얼굴 조금만 보고
예쁜 목소리 조금만 듣고
이내 나는 떠나갈 거야
그렇게 해줘 부탁이야

나는 왜 내가 이렇게 되었는지
나도 잘 모르겠어.

두 개의 지구

네 앞에서 오늘 나는
새롭게 태어나는 지구

내 앞에서 너도 오늘
새롭게 태어나는 지구

귀 기울여 듣지 않아도
들린다

두 개의 지구가 마주
숨을 쉬는 소리

너의 귀에만 들리고
나의 귀에만 들리는 그 소리.

모두가 네 탓

지상천국

기필코 이 세상에서
천국을 보리라! 골똘히 생각하고 있을 때
네가 내 앞에 와서
웃어 주었다.

그러나 그것이 끝내
또 다른 지옥인 줄을
나는 미처 알지 못한다.

chapter
02

혼자라도

혼자라도

―――――――――――――――――――――――――――――

꽃이 지는 게 아쉬워
그 마음 지는 게 아쉬워
꽃을 심어 보았다.

저기 꽃 같은 당신, 봄이 고픈 나

내가 너를

내가 너를
얼마나 좋아하는지
너는 몰라도 된다

너를 좋아하는 마음은
오로지 나의 것이요,
나의 그리움은
나 혼자만의 것으로도
차고 넘치니까……

나는 이제 너 없이도
너를 좋아할 수 있다.

느낌

눈꼬리가 휘어서
초승달
너의 눈은 … 서럽다

몸집이 작아서
청사과
너의 모습은 … 안쓰럽다

짧은 대답이라서
저녁바람
너의 음성은 … 섭섭하다

그래도 네가 좋다.

모두가 네 탓

별

너무 일찍 왔거나 너무 늦게 왔거나
둘 중에 하나다
너무 빨리 떠났거나 너무 오래 남았거나
또 그 둘 중에 하나다

누군가 서둘러 떠나간 뒤
오래 남아 빛나는 반짝임이다

손이 시려 손조차 맞잡아 줄 수가 없는
애달픔
너무 멀다 너무 짧다
아무리 손을 뻗쳐도 잡히지 않는다

오래오래 살면서 부디 나
잊지 말아다오.

네가 있어

바람 부는 이 세상
네가 있어 나는 끝까지
흔들리지 않는 나무가 된다

서로 찡그리며 사는 이 세상
네가 있어 나는 돌아앉아
혼자서도 웃음 짓는 사람이 된다

고맙다
기쁘다
힘든 날에도 끝내 살아남을 수 있었다

우리 비록 헤어져
오래 멀리 살지라도
너도 그러기를 바란다.

나도 모르겠다

네가 웃으면
나도 따라서 웃고
네가 찡그린 얼굴이면
나도 찡그린 얼굴이 된다
네가 어두운 표정을 지으면
더럭 겁이 난다
어디 아픈 것이나 아닐까?
속상한 일이 있는 건 아닐까?

어쩌다 이리 되었는지
나도 모르겠다.

겨울 장미

너를 사랑하고 나서
누구를 다시 더 사랑한다
그러겠느냐

조금은 과하게 사랑함을
나무라지 말아라
피하지 말아다오

하나밖에 없는 것이
정말로 사랑이라
그러지 않았더냐.

어린 사랑

너
거기 있어라

너 부디
거기 있어라

내가 부를 때
대답할 수 있도록

너 부디 그 자리
지켜 있어라.

날씨 좋다

너는 멀리 있고
오늘 날씨 좋다
좋아도 너무 좋다

까치발만 딛어도
세계의 끝까지
보일 것 같은 날

눈만 감아도
너의 숨소리
들릴 것 같은 날

잘 살아라
멀리서도 잘 살아라
오늘은
기념하고 싶은 날이다.

chapter 02
혼자라도

모두가 네 탓

의자

결코 아름답지 않은 세상
너 한 사람으로 하여
아름다웠다

저만큼 나 다녀오는 동안 너
그 자리 지켜서 좀
기다려줄 수 있겠니?

개양귀비

생각은 언제나 빠르고
각성은 언제나 느려

그렇게 하루나 이틀
가슴에 핏물이 고여

흔들리는 마음 자주
너에게 들키고

너에게로 향하는 눈빛 자주
사람들한테도 들킨다.

chapter 02
혼자라도

어린 봄

어린 봄은 나뭇가지 위에
새 울음 속에

더 어린 봄은
내 마음 위에

오늘도 나는 너를 바라보며
이렇게 울먹이고만 있다.

나무

너의 허락도 없이
너에게 너무 많은 마음을
주어버리고
너에게 너무 많은 마음을
뺏겨버리고
그 마음 거두어들이지 못하고
바람 부는 들판 끝에 서서
나는 오늘도 이렇게 슬퍼하고 있다
나무되어 울고 있다.

모두가 네 탓

멀리서 빈다

어딘가 내가 모르는 곳에
보이지 않는 꽃처럼 웃고 있는
너 한 사람으로 하여 세상은
다시 한 번 눈부신 아침이 되고

어딘가 네가 모르는 곳에
보이지 않는 풀잎처럼 숨 쉬고 있는
나 한 사람으로 하여 세상은
다시 한 번 고요한 저녁이 온다

가을이다, 부디 아프지 마라.

눈이 내린 날

어쩌면 좋으냐
네가 너무 많이 예뻐서
어쩌면 좋으냐
네가 너무 많아서

하늘에도 너는 있고
땅에도 너는 있고
나뭇가지에도 너는 있고
개울물소리 속에도
너는 있는데

어쩌면 좋으냐
더구나 오늘은 눈이 내린 날
세상 어디에서도 너를
만날 수 없어
세상 어디에도 너는
너무 많이 없어서.

말하고 보면 벌써

말하고 보면 벌써
변하고 마는 사람의 마음

말하지 않아도 네가
내 마음 알아 줄 때까지

내 마음이 저 나무
저 흰 구름에 스밀 때까지

나는 아무래도 이렇게
서 있을 수밖엔 없다.

부탁

너무 멀리까지는 가지 말아라
사랑아

모습 보이는 곳까지만
목소리 들리는 곳까지만 가거라

돌아오는 길 잊을까 걱정이다
사랑아.

모두가 네 탓

chapter 02
혼자라도

뒷모습

뒷모습이 어여쁜
사람이 참으로
아름다운 사람이다

자기의 눈으로는 결코
확인이 되지 않는 뒷모습
오로지 타인에게로만 열린
또 하나의 표정

뒷모습은
고칠 수 없다
거짓말을 할 줄 모른다

물소리에게도 뒷모습이 있을까?
시드는 노루발풀꽃, 솔바람 소리,
찌르레기 울음 소리에게도
뒷모습은 있을까?

저기 저
가문비나무 윤노리나무 사이
산길을 내려가는
야윈 슬픔의 어깨가
희고도 푸르다.

보고 싶다

보고 싶다,
너를 보고 싶다는 생각이
가슴에 차고 가득 차면 문득
너는 내 앞에 나타나고
어둠 속에 촛불 켜지듯
너는 내 앞에 나와서 웃고

보고 싶었다,
너를 보고 싶었다는 말이
입에 차고 가득 차면 문득
너는 나무 아래서 나를 기다린다
내가 지나는 길목에서
풀잎 되어 햇빛 되어 나를 기다린다.

chapter 02
혼자라도

슬픔

밤 깊은 시각
버릇처럼
늙은 괘종시계
태엽을 감는다

너도 오래 살았구나
더 오래 살거라.

그 말

보고 싶었다
많이 생각이 났다

그러면서도 끝까지
남겨두는 말은
사랑한다
너를 사랑한다

입속에 남아서 그 말
꽃이 되고
향기가 되고
노래가 되기를 바란다.

모두가 네 탓

꽃을 피우자

봄이 오니
화를 냈던 일
부끄러워진다
슬퍼했던 일
미안해진다

꽃이 피니
미워했던 일
뉘우쳐진다
짜증냈던 일
속상해진다

나도 분명 꽃인데
나만 그걸
몰랐던 거다
봄이다 이제
너도 꽃을 피워라.

새

전화 걸어도 받지 않고
문자메시지 보내고 카톡까지 보내도
대답 없는 날은
그냥 잘 있겠지
잘 있을 거야
그러다가도 그동안 무슨 일
있었나?
아프지나 않는지!

참고 있을 것을 괜히
전화 걸고 문자 메시지 보내고
카톡까지 보냈나보다
후회하는 마음이 그냥
하늘을 보게 한다

하늘에 문득 나는 새
나뭇가지에 앉은 새.

chapter 02
혼자라도

모두가 네 탓

안부

오래
보고 싶었다

오래
만나지 못했다

잘 있노라니
그것만 고마웠다.

가지 말라는데 가고 싶은 길이 있다
만나지 말자면서 만나고 싶은 사람이 있다
하지 말라면 더욱 해보고 싶은 일이 있다

그것이 인생이고 그리움
바로 너다.

chapter 02
혼자라도

모두가 네 탓

chapter 02
혼자라도

보고 싶어요

젖 떨어진 아이처럼
그대가 그리워요
보고 싶어요

목소리라도 듣고 싶은데
늘 내 앞에 너무 많이
없는 그대

내 앞에 너무 오래 바람이고
그냥 빈 하늘이고
그 하늘에 구름인 그대

그대가 내 앞에
있었으면 좋겠어요
그대가 너무 보고 싶어요.

모두가 네 탓

말은 그렇게 한다

너 떠난 뒤
너 없이 나
어떻게 살 것인지
모르지만

나 떠난 뒤
나 없이도 너
잘 살아라
씩씩하게 살아라

아침에 새로 피는
꽃처럼
한낮에 하늘 나는
새처럼

말은 그렇게 한다.

사는 법

그리운 날은 그림을 그리고
쓸쓸한 날은 음악을 들었다

그리고도 남는 날은
너를 생각해야만 했다.

이 가을에

아직도 너를
사랑해서 슬프다.

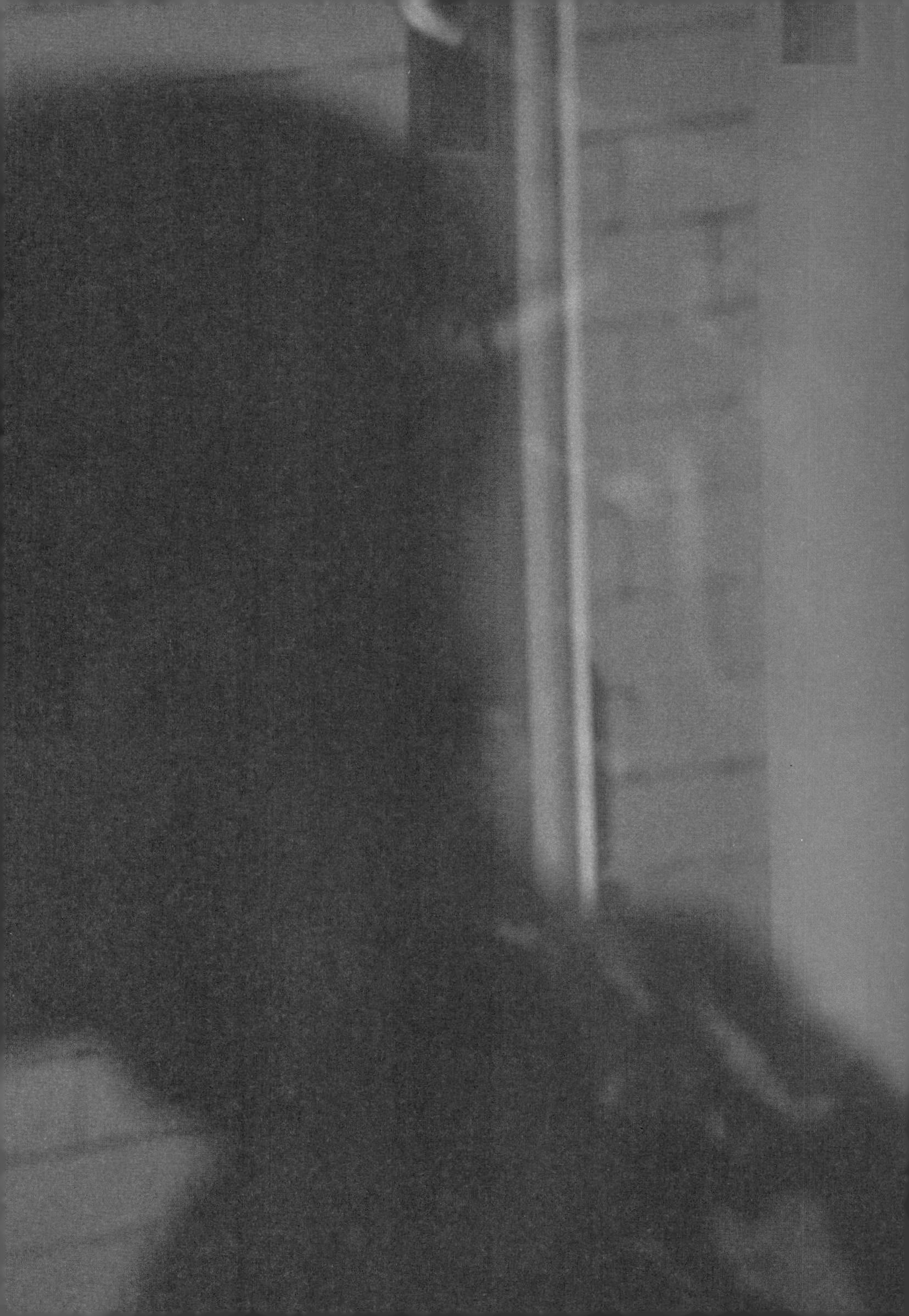

그래, 이별

그래, 이별

따뜻한 척 하는 대낮의 봄처럼 만났고,
다시 새벽의 싸늘한 봄.

꽃잎

활짝 핀 꽃나무 아래서
우리는 만나서 웃었다

눈이 꽃잎이었고
이마가 꽃잎이었고
입술이 꽃잎이었다

우리는 술을 마셨다
눈물을 글썽이기도 했다

사진을 찍고
그 날 그렇게 우리는
헤어졌다

돌아와 사진을 빼보니
꽃잎만 찍혀 있었다.

날마다 잠에서
깨어나자마자 당신 생각을
마음속 말을 당신과 함께
첫 번째 기도를 또 당신을 위해
그런 형벌의 시절도 있었다.

chapter 03
그래, 이별

빈방

우리가 정말 만난 일이나 있었을까?
우리가 정말 사랑한 일이나 있었을까?
그만 한바탕 꿈을
꾼 것 같은 마음

우리가 정말 눈 마주친 일이나 있었을까?
우리가 정말 손잡은 일이나 있었을까?
누군가로부터 솜씨 좋게
속아 넘어갔다는 느낌

아무리 돌아보아도 아무것도
너와 나 사이 남겨진 것이 없어서
다만 새하얀 기억의 길만
멀리 외롭게 뻗어 있을 뿐

나 오늘 너를 이렇게
생각하며 힘들어 함을
나의 방은 기억해주겠지
빈방아 고맙구나.

섬

너와 나
손잡고 눈 감고 왔던 길

이미 내 옆에 네가 없으니
어찌할까?

돌아가는 길 몰라 여기
나 혼자 울고만 있네.

이별

지구라는 별
오늘이라는 하루
두 번 다시 만나지 못할
정다운 사람인 너

네 앞에 있는 나는 지금
울고 있는 거냐?
웃고 있는 거냐?

그 사람 하나가
세상의 전부일 때 있었습니다

그 사람 하나로 세상이 가득하고
세상이 따뜻하고

그 사람 하나로
세상이 빛나던 때 있었습니다

그 사람 하나로 비바람 거센 날도
겁나지 않던 때 있었습니다

나도 때로 그에게 그런 사람으로
기억되고 싶습니다.

chapter 03
그래, 이별

말을 아껴야지

말을 아껴야지,
눈물을 아껴야지,

참고 참으면
사람의 말에서도
향내가 나고

아끼고 아끼면
사람의 눈물도
포도 알이 될 것이다

혼자 속삭이는 말,
돌아서서 지우는 눈물.

멀리

내가 한숨 쉬고 있을 때
저도 한숨 쉬고 있으리
꽃을 보며 생각한다

내가 울고 있을 때
저도 울고 있으리
달을 보며 생각한다

내가 그리운 마음일 때
저도 그리운 마음이리
별을 보며 생각한다

너는 지금 거기
나는 지금 여기.

모두가 네 탓

chapter 03
그래, 이별

떠난 자리

나 떠난 자리
너 혼자 남아
오래 울고 있을 것만 같아
나 쉽게 떠나지 못한다, 여기

너 떠난 자리
나 혼자 남아
오래 울고 있을 것 생각하여
너도 울먹이고 있는 거냐? 거기.

흐려진 얼굴
잊혀진 생각
그러나 가슴 아프다.

chapter 03
그래, 이별

모두가 네 탓

바람에게 묻는다

바람에게 묻는다
지금 그곳에는 여전히
꽃이 피었던가 달이 떴던가

바람에게 듣는다
내 그리운 사람 못 잊을 사람
아직도 나를 기다려
그곳에서 서성이고 있던가

내게 불러줬던 노래
아직도 혼자 부르며
울고 있던가.

3월

어차피 어차피
삼월은 오는구나
오고야 마는구나
이월을 이기고
추위와 가난한 마음을 이기고
넓은 마음이 돌아오는구나
돌아와 우리 앞에
풀잎과 꽃잎의 비단방석을 까는구나
새들은 우리더러
무슨 소리든 내보라 내보라고
조르는구나
시냇물 소리도 우리더러
지껄이라 그러는구나
아, 젊은 아이들은
다시 한 번 새 옷을 갈아입고
새 가방을 들고
새 배지를 달고
우리 앞을 물결쳐
스쳐 가겠지
그러나 삼월에도
외로운 사람은 여전히 외롭고
쓸쓸한 사람은 쓸쓸하겠지.

사랑

오래 함께 마주 앉아서
바라보는 것

말이 없어도 눈으로 가슴으로
말을 하는 것

보일 듯 말 듯 얼굴에
웃음 머금는 것

그러다가 끝내는 눈물이 돌아
고개 떨구기도 하는 것.

헤어진 바다

너와 헤어지고 돌아왔을 때
빈 방 가득 일렁이며
휑한 눈으로
기다리고 있던 바다

밤마다 내 꿈속을 찾아와
놀다 가곤 했다.

순간순간

순간순간
이별하면서 산다

언제 다시
만날 수 있을까 우리

큰 눈을 더욱 크게 뜨고
울먹이기도 하면서

날마다 처음이자
마지막인 목숨

사랑하는 마음 따라서
깊어지는 슬픔

순간순간 이별이
밥이고 또 술이다.

마른 입술

봄 햇살
봄 바람

더 보고 싶어

마른 입술
마른 침

마음이 아파.

모두가 네 탓

해거름 녘

뜰에 피어난 꽃
너무 예뻐서
예쁘다 예쁘다
혼자 중얼거리다가

네 생각 새롭게 나서
어떻게 지내는지
전화 걸어 묻고 싶었는데
끝내 받지를 않네

다시금 뜰에 나가
꽃을 보며 니들이
예쁘다 예쁘다
중얼거리는 해거름 녘

4월 하고도 오늘은
며칠이라냐?
날마다 우리의 날들은
짧아만 지는데

너와 나는 너무 오래
만나지 못했다
너무 멀리
헤어져 있다.

내 사랑

잘 가요 내 사랑
잘 살아요 내 사랑
이곳의 일
너무 많이 생각 말고
잊으면서 살아요
버리면서 살아요

chapter 03
그래, 이별

나무에게 말을 걸다

우리가 과연
만나기나 했던 것일까?

서로가 사랑한다고
믿었던 때가 있었다
서로가 서로를 아주 잘
알고 있다고 믿었던 때가 있었다
가진 것을 모두 주어도
아깝지 않다고 생각하던 시절도 있었다

바람도 없는데
보일 듯 말 듯
나무가 몸을 비튼다.

12월

하루 같은 1년

1년 같은 하루, 하루

그처럼 사라진 나

그리고 당신.

chapter 03
그래, 이별

나의 사랑은 가짜였다

말로는 그랬다
사랑은 지는 것이라고
지고서도 마음 편한 것이라고

그러나 정말로 지고서도
편안한 마음이 있었을까?

말로는 그랬다
사랑은 버리는 것이라고
버리고서도 행복해하는 마음이라고

그러나 정말 버리고서도
행복한 마음이 있었을까?

한밤중에

한밤중에
까닭없이
잠이 깨었다

우연히 방안의
화분에 눈길이 갔다

바짝 말라 있는 화분

어, 너였구나
네가 목이 말라 나를
깨웠구나.

오늘은 이렇게 사랑을 잃었다 하자

고개 숙이니 발 밑에 시들은 구절초
어느새 빠른 물살로 흘러가고 만 가을

눈감고 산 며칠 사이 세상은 저만치
낯선 눈빛으로 건너다보는데

잘못 살았구나 참말로 잘못 살았구나
바람은 또 나의 목을 스쳐가는데

나는 무슨 까닭으로 또 어린아이처럼 투정하며
땅바닥에 주저앉아 두 발 뻗고 울고만 싶은 거냐?

무슨 소망으로 또 나는 다가오는 시린
겨울 강물을 무사히 건널 것이냐?

탁탁, 소리내어 잎눈 틔운 적 없는 나무의 밑둥
오늘은 우선 이렇게 사랑을 잃었다 하자.

chapter 03
그래, 이별

모두가 네 탓

제비꽃

그대 떠난 자리에
나 혼자 남아
쓸쓸한 날
제비꽃이 피었습니다
다른 날보다 더 예쁘게
피었습니다.

묘비명

많이 보고 싶겠지만
조금만 참자.

chapter
04

사랑했던, 사랑하는, 사랑할 사람에게

사랑했던, 사랑하는, 사랑할 사람에게

———————————————————————

그냥 그렇게 하고 싶었던 말,
사랑하는 당신에게…
아니 어쩌면 당신이 나에게
그냥 그렇게 우리가 하고 싶었던 말.

모두가 네 탓

오늘의 약속

덩치 큰 이야기, 무거운 이야기는 하지 않기로 해요
조그만 이야기, 가벼운 이야기만 하기로 해요
아침에 일어나 낯선 새 한 마리가 날아가는 것을 보았다든지
길을 가다 담장 너머 아이들 떠들며 노는 소리가 들려 잠시 발을 멈췄다든지
매미 소리가 하늘 속으로 강물을 만들며 흘러가는 것을 문득 느꼈다든지
그런 이야기들만 하기로 해요

남의 이야기, 세상 이야기는 하지 않기로 해요
우리들의 이야기, 서로의 이야기만 하기로 해요
지나간 밤 쉽게 잠이 오지 않아 애를 먹었다든지
하루 종일 보고픈 마음이 떠나지 않아 가슴이 뻐근했다든지
모처럼 개인 밤하늘 사이로 별 하나 찾아내어 숨겨놓은 소원을 빌었다든지
그런 이야기들만 하기로 해요

실은 우리들 이야기만 하기에도 시간이 많지 않은 걸 우리는 잘 알아요
그래요, 우리 멀리 떨어져 살면서도
오래 헤어져 살면서도 스스로
행복해지기로 해요
그게 오늘의 약속이에요.

좋다

좋아요
좋다고 하니까 나도 좋다.

chapter 04
사랑했던, 사랑하는, 사랑할 사람에게

모두가 네 탓

사랑에 답함

예쁘지 않은 것을 예쁘게
보아주는 것이 사랑이다

좋지 않은 것을 좋게
생각해주는 것이 사랑이다

싫은 것도 잘 참아주면서
처음만 그런 것이 아니라

나중까지 아주 나중까지
그렇게 하는 것이 사랑이다.

모두가 네 탓

모두가 네 탓

못난이 인형

못나서 오히려 귀엽구나
작은 눈 찌푸러진 얼굴

애게게 금방이라도 울음보
터뜨릴 것 같네

그래도 사랑한다 애야
너를 사랑한다.

한 사람 건너

한 사람 건너 한 사람
다시 한 사람 건너 또 한 사람

애기 보듯 너를 본다

찡그린 이마
앙다문 입술
무슨 마음 불편한 일이라도
있는 것이냐?

꽃을 보듯 너를 본다.

chapter 04
사랑했던, 사랑하는, 사랑할 사람에게

꽃들아 안녕

꽃들에게 인사할 때
꽃들아 안녕!

전체 꽃들에게
한꺼번에 인사를
해서는 안 된다

꽃송이 하나하나에게
눈을 맞추며
꽃들아 안녕! 안녕!

그렇게 인사함이
백번 옳다.

노래로

벗꽃이피면
벗꽃이되어
다시올게요   *
약속한그애   그래네가
                그곳에서

다시봄되어   벗꽃되어
벗꽃이피고   서있거라
벗꽃이져도   나어기서
오지를않네   까치발로
                바라보마

차라리내가   마음의눈
벗꽃나무로   크게뜨고
그애한테로   바라보마.
가려고그래

화들짝벗꽃
피워매달고
그애앞에가
서있고싶어

풀꽃

자세히 보아야
예쁘다

오래 보아야
사랑스럽다

너도 그렇다.

어여쁨

무얼 그리 빤히 바라보고
그러세요!

이쪽에서 보고 있다는 걸
안다는 말이다

제가 예쁘다는 걸
제가 먼저 알았다는 말이다.

chapter 04
사랑했던, 사랑하는, 사랑할 사람에게

화살기도

아직도 남아있는 아름다운 일들을
이루게 하여 주소서
아직도 만나야할 좋은 사람들을
만나게 하여 주소서
아멘이라고 말할 때
네 얼굴이 떠올랐다
퍼뜩 놀라 그만 나는
눈을 뜨고 말았다.

약속

달빛이 있는 곳까지만 함께 가자
손가락 걸었다
풀벌레소리 있는 곳까지
개울물소리 나는 곳까지만 함께 가자
손가락 걸었다
끝내 마음이 있는 곳까지만
함께 가자
오늘 바로 그랬다.

우리들의 푸른 지구·2

사랑한다는 말 대신에 하는 말
우리 오래 만나자

사랑하겠다는 말 대신에 하는 대답
우리 함께 오래 있어요

날마다 푸른 지구
내일 더욱 푸른 지구

오늘은 네가 나에게 지구이고
내가 너에게 지구이다.

모두가 네 탓

가을도 저물 무렵

낙엽이 진다
네 등을 좀 빌려다오
네 등에 기대어 잠시
울다 가고 싶다

날이 저문다
네 손을 좀 빌려다오
네 손을 맞잡고 함께
지는 해를 바라보고 싶다

괜찮다 괜찮다
오늘은 이것으로 족했다
누군가의 음성을 듣는다.

너를 두고

세상에 와서
내가 하는 말 가운데서
가장 고운 말을
너에게 들려주고 싶다

세상에 와서
내가 가진 생각 가운데서
가장 예쁜 생각을
너에게 주고 싶다

세상에 와서
내가 할 수 있는 표정 가운데
가장 좋은 표정을
너에게 보이고 싶다

이것이 내가 너를
사랑하는 진정한 이유
나 스스로 네 앞에서 가장
좋은 사람이 되고 싶은 소망이다.

chapter 04
사랑했던, 사랑하는, 사랑할 사람에게

눈 위에 쓴다

눈 위에 쓴다
사랑한다 너를
그래서 나 쉽게
지구라는 아름다운 별
떠나지 못한다.

황홀극치

황홀, 눈부심
좋아서 어쩔 줄 몰라 함
좋아서 까무러칠 것 같음
어쨌든 좋아서 죽겠음

해 뜨는 것이 황홀이고
해 지는 것이 황홀이고
새 우는 것 꽃 피는 것 황홀이고
강물이 꼬리를 흔들며 바다에
이르는 것 황홀이다

그렇지, 무엇보다
바다 울렁임, 일파만파, 그곳의 노을,
빠져 죽어버리고 싶은 충동이 황홀이다

아니다, 내 앞에
웃고 있는 네가 황홀, 황홀의 극치다

도대체 너는 어디서 온 거냐?
어떻게 온 거냐?
왜 온 거냐?
천 년 전 약속이나 이루려는 듯.

필연

우연이었다
네가 내게로 온 것
내가 네게로 간 것

바람 하나
길모퉁이 돌아가다가
풀꽃 한 송이 만나듯
그것은 우연이었다

아니다
필연이었다
기어코 언젠가는
만나기로 한 약속

네가 내가 되고
내가 네가 되는 신비
그것은 분명 필연이었다.

꽃·3

예뻐서가 아니다
잘나서가 아니다
많은 것을 가져서도 아니다
다만 너이기 때문에
네가 너이기 때문에
보고 싶은 것이고 사랑스런 것이고 안쓰러운 것이고
끝내 가슴에 못이 되어 박히는 것이다
이유는 없다
있다면 오직 한 가지
네가 너라는 사실!
네가 너이기 때문에
소중한 것이고 아름다운 것이고 사랑스런 것이고 가득한 것이다
꽃이여, 오래 그렇게 있거라.

내가 좋아하는 사람

내가 좋아하는 사람은
슬퍼할 일을 마땅히 슬퍼하고
괴로워할 일을 마땅히 괴로워하는 사람

남의 앞에 섰을 때
교만하지 않고
남의 뒤에 섰을 때
비굴하지 않은 사람

내가 좋아하는 사람은
미워할 것을 마땅히 미워하고
사랑할 것을 마땅히 사랑하는
그저 보통의 사람.

행복

저녁 때
돌아갈 집이 있다는 것

힘들 때
마음속으로 생각할 사람 있다는 것

외로울 때
혼자서 부를 노래 있다는 것.

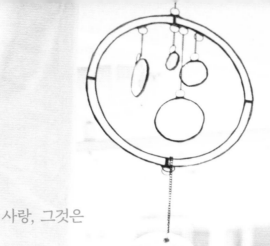

사랑, 그것은

천둥처럼 왔던가?
사랑, 그것은
벼락 치듯 왔던가?

아니다 사랑, 그것은
이슬비처럼 왔고
한 마리 길고양이처럼 왔다
오고야 말았다

살금살금 다가와서는
내 마음의 윗목
가장 밝고 좋은 자리를
차지하고 말았다

그리하여 우리는
하나가 되었다
너는 내가 되고
나는 네가 되었다.

모두가 네 탓

선물

하늘 아래 내가 받은
가장 커다란 선물은
오늘입니다

오늘 받은 선물 가운데서도
가장 아름다운 선물은
당신입니다

당신 나지막한 목소리와
웃는 얼굴, 콧노래 한 구절이면
한 아름 바다를 안은 듯한 기쁨이겠습니다.

너의 총명함을 사랑한다

너의 총명함을 사랑한다.
너의 젊음을 사랑한다.
너의 아름다움을 사랑한다.
너의 깨끗함을 사랑한다.

너의 꾸밈없음과
꿈 많음을 사랑한다.

너의 이기심도 사랑해 주기로 한다.
너의 경솔함도 사랑해 주기로 한다.
그리고 너의 유약함도 사랑해 주기로 한다.
너의 턱없는 허영과
오만도 사랑하기로 한다.

외롭다고 생각할 때일수록

외롭다고 생각할 때일수록
혼자이기를,

말하고 싶은 말이 많은 때일수록
말을 삼가기를,

울고 싶은 생각이 깊을수록
울음을 안으로 곱게 삭이기를,

꿈꾸고 꿈꾸노니 –
많은 사람들로부터 빠져나와
키 큰 미루나무 옆에 서 보고
혼자 고개 숙여 산길을 걷게 하소서.

아끼지 마세요

좋은 것 아끼지 마세요
옷장 속에 들어 있는 새로운 옷 예쁜 옷
잔칫날 간다고 결혼식장 간다고
아끼지 마세요
그러다 그러다가 철지나면 헌옷 되지요

마음 또한 아끼지 마세요
마음속에 들어 있는 사랑스런 마음 그리운 마음
정말로 좋은 사람 생기면 준다고
아끼지 마세요
그러다 그러다가 마음의 물기 마르면 노인이 되지요

좋은 옷 있으면 생각날 때 입고
좋은 음식 있으면 먹고 싶을 때 먹고
좋은 음악 있으면 듣고 싶을 때 들으세요
더구나 좋은 사람 있으면
마음속에 숨겨두지 말고
마음껏 좋아하고 마음껏 그리워하세요

그리하여 때로는 얼굴 붉힐 일
눈물 글썽일 일 있다한들
그게 무슨 대수겠어요!
지금도 그대 앞에 꽃이 있고
좋은 사람이 있지 않나요
그 꽃을 마음껏 좋아하고
그 사람을 마음껏 그리워하세요.

모두가 네 탓

chapter 04
사랑했던, 사랑하는, 사랑할 사람에게

모두가 네 탓

해가 뜨고 달이 떠도
나는 모르는 일이다
꽃이 피고 풀이 푸르러도
나는 모르는 일이다

모두가 네가 시켜서 하는 일이다
네가 있었기에 일어나는 일들이다

바람이 불어도 그것은
네가 하는 일이요
바람 뒤에 묻어나는 향기
그것도 네 마음의 표식

모두가 네가 시켜서 하는 일이다
네가 있었기에 일어나는 일들이다

내가 오늘 이렇게
기분이 좋은 것도
하늘 땅 끝까지 살고만 싶은 것도
모두가 네가 시켜서 하는 일들이다

모두가 네 탓이다
모두가 내 탓이 아니다.

곱슬머리 내 딸이 아니다
곱슬머리 내 딸이다

곱슬머리 내가 가져서 오는 아들이다
아들 배 틀까지 부끄러 웃음 짓든
기름이 좋은 것은
내가 온몸 이쁜데

내가 엉엉지에 들어나는 아들이다
곱슬머리 내가 가져서 오는 아이다

그렇든 내 마음이 풀려
마음 속에 들어나는 웃기
내가 오는 아이요
마음이 풀어진 그렇은

내가 엉엉지에 들어나는 아들이다
곱슬머리 내가 가져서 오는 아이다

나는 곱슬는 아이다
좋이 피고 몸이 흐르되고
나는 곱슬는 아이다
왜가 곱고 몸이 떠고

곱슬머리 내 딸

chapter
05

모두가 내 탓

모두가 내 탓

자꾸 고개를 떨군다.

사라져야 살아져
싫어지고 시려져

아니 얘야,
지금은 겨울이잖아

살아지면 사라져.

주제넘게도

주제넘게도
남은 청춘을 생각해 본다

주제넘게도
남은 사랑을 생각해 본다

촛불은 심지까지
타버리고 나서야 촛불이고

사랑은 단 한번뿐이라야
사랑이라던데……

chapter 05
모두가 내 탓

모두가 내 탓

초라한 고백

내가 가진 것을 주었을 때
사람들은 좋아한다

여러 개 가운데 하나를
주었을 때보다
하나 가운데 하나를 주었을 때
더욱 좋아한다

오늘 내가 너에게 주는 마음은
그 하나 가운데 오직 하나
부디 아무 데나 함부로
버리지는 말아다오.

목련꽃 낙화

너 내게서 떠나는 날
꽃이 피는 날이었으면 좋겠네
꽃 가운데서도 목련꽃
하늘과 땅 위에 새하얀 꽃등
밝히듯 피어오른 그런
봄날이었으면 좋겠네

너 내게서 떠나는 날
나 울지 않았으면 좋겠네
잘 갔다 오라고 다녀오라고
하루치기 여행을 떠나는 사람
가볍게 손 흔들듯 그렇게
떠나보냈으면 좋겠네

그렇다 해도 정말
마음속에서는 너도 모르게
꽃이 지고 있겠지
새하얀 목련꽃 흐득흐득
울음 삼키듯 땅바닥으로
떨어져 내려앉겠지.

떠나야 할 때를

떠나야 할 때를 안다는 것은
슬픈 일이다
잊어야 할 때를 안다는 것은
슬픈 일이다
내가 나를 안다는 것은 더욱
슬픈 일이다

우리는 잠시 세상에
머물다 가는 사람들
네가 보고 있는 것은
나의 흰 구름
내가 보고 있는 것은
너의 흰 구름

누군가 개구쟁이 화가가 있어
우리를 붓으로 말끔히 지운 뒤
엉뚱한 곳에 다시 말끔히 그려 넣어 줄 수는
없는 일일까?

떠나야 할 사람을 떠나보내지 못하는 것은
안타까운 일이다
잊어야 할 사람을 잊지 못하는 것은
안타까운 일이다
그러한 나를 내가 안다는 것은 더더욱
안타까운 일이다.

봄

봄이란 것이 과연
있기나 한 것일까?
아직은 겨울이지 싶을 때 봄이고
아직은 봄이겠지 싶을 때 여름인 봄
너무나 힘들게 더디게 왔다가
너무나 빠르게 허망하게
가버리는 봄
우리네 인생에도
봄이란 것이 있었을까?

풀꽃·3

기죽지 말고 살아봐
꽃 피워봐
참 좋아.

사람 많은 데서 나는

사람 많은 데서 나는
겁이 난다,
거기 네가 없으므로

사람 없는 데서 나는
겁이 난다,
거기에도 너는 없으므로.

chapter 05
모두가 내 탓

모두가 네 탓

돌멩이

흐르는 맑은 물결 속에 잠겨
보일 듯 말 듯 일렁이는
얼룩무늬 돌멩이 하나
돌아가는 길에 가져가야지
집어 올려 바위 위에
놓아두고 잠시
다른 볼일 보고 돌아와
찾으려니 도무지
어느 자리에 두었는지
찾을 수가 없다

혹시 그 돌멩이, 나 아니었을까?

꽃과 별

너에게 꽃 한 송이를 준다
아무런 이유가 없다
내 손에 그것이 있었을 뿐이다

막다른 골목길을 가다가
맨 처음 만난 사람이
바로 너였기 때문이다

밤하늘의 별들을 바라본다
어둔 밤하늘에 별들이 빛나고 있었고
다만 내가 울고 있었을 뿐이다.

chapter 05
모두가 내 탓

꽃·1

다시 한 번만 사랑하고
다시 한 번만 죄를 짓고
다시 한 번만 용서를 받자

그래서 봄이다.

꽃·2

예쁘다는 말을
가볍게 삼켰다

안쓰럽다는 말을
꿀꺽 삼켰다

사랑한다는 말을
어렵게 삼켰다

섭섭하다, 안타깝다,
답답하다는 말을 또 여러 번
목구멍으로 넘겼다

그리고서 그는 스스로 꽃이 되기로 작정했다.

모두가 네 탓

살아갈 이유

너를 생각하면 화들짝
잠에서 깨어난다
힘이 솟는다

너를 생각하면 세상 살
용기가 생기고
하늘이 더욱 파랗게 보인다

너의 얼굴을 떠올리면
나의 가슴은 따뜻해지고
너의 목소리 떠올리면
나의 가슴은 즐거워진다

그래, 눈 한번 질끈 감고
하나님께 죄 한 번 짓자!
이것이 이 봄에 또 살아갈 이유다.

빈자리

누군가 아름답게
비워둔 자리
누군가 깨끗하게
남겨둔 자리

그 자리에 앉을 때
나도 향기가 되고
고운 새소리 되고
꽃이 됩니다

나도 누군가에게
아름답고 깨끗하게
비워둔 자리이고 싶습니다.

두 사람

좋은 사람이라면
말이 필요 없겠지요

더 좋은 사람이라면
나도 필요 없겠지요

벌써 그 사람이
나일 테니까.

무리지어 피어 있는 꽃보다
두 셋이서 피어 있는 꽃이
도란도란 더 의초로울 때 있다

두 셋이서 피어 있는 꽃보다
오직 혼자서 피어있는 꽃이
더 당당하고 아름다울 때 있다

너 오늘 혼자 외롭게
꽃으로 서 있음을 너무
힘들어 하지 말아라.

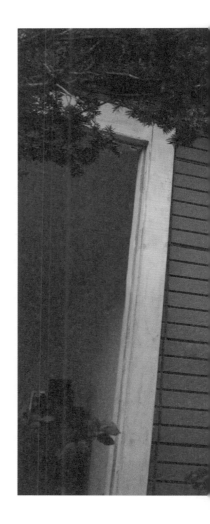

chapter 05
모두가 내 탓

모두가 네 탓

하늘 아이

너 누구냐?
꽃이에요

너 누구냐?
나, 꽃이에요

너 정말 누구냐?
나, 꽃이라니까요!

꽃하고 물으며 대답하며
하루해가 짧다.

묻지 않는다

처음엔 언제 갈 거냐
언제쯤 떠날 거냐
조르듯 묻곤 했다

언제까지 내 곁에
있어줄 거냐, 또
따지듯 묻기도 했다

그러나 이제는
아무 것도 묻지 않는다
묻지 않기로 한다

다만 곁에 있는 것만 고마워
숨소리 듣는 것만이라도
눈물겨워

저 음악 한 곡
마칠 때까지 만이라고
말을 한다

커튼 자락에 겨울 햇살
지워질 때까지 만이라고
또 말을 한다.

모두가 네 탓

어린 사랑

어느 날
그 애에게 물었다

아직도 내가 너한테
필요한 사람이니?

말없이 그 애는
고개를 끄덕였다

두 눈 가득
눈물이 고여 있었다.

고마운 일 있어도 그것은
고맙다는 말
쉽게 하지 않는 마음이란다

미안한 일 있어도 그것은
미안하다는 말
쉽게 하지 못하는 마음이란다

사랑하는 마음 있어도 그것은
사랑한다는 말
쉽게 하지 않는 마음이란다

네가 오늘 나한테 그런 것처럼.

새로 봄

겨울을 이겨야 봄이지요
여전히 살아 있는 목숨이어야 봄이지요
그러니 봄이 기적이 아닌가요

새로 꽃이 피어야 봄이지요
새로 잎이 나고 새가 울어야 봄이지요
그러니 봄이 더욱 기적이 아닌가요.

모두가 네 탓

기도

내가 외로운 사람이라면
나보다 더 외로운 사람을
생각하게 하여 주옵소서

내가 추운 사람이라면
나보다 더 추운사람을
생각하게 하여 주옵소서

내가 가난한 사람이라면
나보다 더 가난한 사람을
생각하게 하여 주옵소서

더욱이나 내가 비천한 사람이라면
나보다 더 비천한 사람을
생각하게 하여 주옵소서

그리하여 때때로
스스로 묻고
스스로 대답하게 하여 주옵소서

나는 지금 어디에 와 있는가?
나는 지금 어디로 향해 가고 있는가?
나는 지금 무엇을 보고 있는가?
나는 지금 무엇을 꿈꾸고 있는가?

나는 시를 잘 아는 사람은 아니다.

대중에게 내 이름이 각인되기 시작한 「학교2013」에서 나태주 선생님의 「풀꽃」을 읊던 때에도 연기를 하는 배우로서 대본 속 대사를 단지 열심히 뱉어 냈을 뿐이었다. 지난 시간을 떠올려 보니 그 당시의 나는 연기에 대한 갈망은 굉장히 컸지만 정작 입으로 읽고 있는 그 시에 대해서는 깊은 고민 없이 그저 작가님이 써 준 대본과 극 중 인물의 상황으로 감정을 유추해내는 것마저도 벅차했다.

그 후 흘러가는 시간들 속에서 나는 많은 이들로부터 분에 넘치는 사랑을 받았고, 또 나름의 방식대로 사랑을 주기도 했다. 행복했고, 때론 슬펐으며, 위로받으면서도 다시 아파하는 날들을 반복했다. 그런 시간 속에서 우울하고 힘들 때면, 배우라는 이름에 걸맞은 연기를 하기 위해 내가 느끼는 이러한 감정들을 바닥까지 끌어내려야 한다고 생각할 때도 있었다.

실제로 그런 감정들이 반복되면서 얻은 게 있다면, 이전에는 아무리 애써도 맺히지 않던 눈물들이 고이고, 이내 흐르기 시작했다는 것. 그때는 아마 좀 더 감정이, 감성이 깊어졌기 때문에 그런 것일 거라고 나 자신을 이해하려고 노력했다.

그러다가 그것마저도 지쳐버린 어떤 날에는 마음속에 흘러넘치는 우울한 감정들이 감당하기 힘들기도 했다. 그러던 어느 날, 마음이 괴로

워 가만히 누워 천장만 보다 팬이 선물한 책 한 권을 열어 보게 됐다. 마침 그 책이 나태주 선생님의 시집이었다. 처음엔 정말 단순하게도 '책인데 글이 많이 없네?'라는 생각으로 책장을 넘기기 시작했고 그 후 몇 시간 동안 지나간 사랑, 혼자 멋진 척 이별을 고했던 순간, 팬들에게 하고 싶었던 이야기, 말하고 싶었던 나의 이야기들이 마음속 이곳저곳을 휘감고 지나갔다. 그렇게 시 한 구절 한 구절을 읽어 내려가며 마음을 열고, 공감하며 책장을 넘겼다. 너무 몰입해 공감을 했던 탓이었는지, 아니면 그냥 그럴 수밖에 없는 날이었는지, 아이처럼 소리 내 엉엉 울었다. 꽤 긴 시간을 울었던 것 같다.

그리고 그 어느 날이 지나고 다시 한 번 시집을 읽을 기회가 있었는데, 그때 굉장한 위로를 받는 느낌이었다. 아니 좀 더 정확하게 표현하자면, 너무 많은 감정들을 눈물을 통해 쏟아내 무뎌진 느낌이라고 하는 게 맞을 것 같다. 마치 독감 예방주사를 맞고 이틀 정도 땀 쏙 빼며 앓고 난 뒤, 겨우내 잔병치레 없이 튼튼하게 보낼 수 있을 것만 같은 기분. 선물 같은 순간이었다.

여전히 나는 시를 잘 모르는 사람이지만 나태주 선생님 덕분에 시와 조금은 가까워진 기분이었다. 그 뒤로는 일기 쓰듯 시를 짧게나마 써보기도 했고, 읽기 쉬운 시집을 찾아 읽어보기도 했다. 그러던 중 우연히 한 출판사에서 화보집 제안을 받았고, 나는 사진만 있는 화보집보다는, 시와 함께 사진이 담긴 시집을 내보고 싶다는 생각을 했다. 물론 나태주 선생님과 함께. 가능하다면 부족하지만 내가 쓴 글도 함께.

이 시집을 펴내기 위해 나는 서울에서 한번, 또 공주에 내려가 한번. 꼬박 이틀이란 시간을 선생님 곁에서 보냈다. 내가 겪은 선생님은 연세에 비해 굉장히 세련되고 젊은 감성을 가지고 계신 분이셨고 마치 유쾌한 노신사 같았다. 그리고 선생님은 시를 써보고 싶다는 나의 바람을 듣고 허허 웃으시며 이러한 조언들을 해주셨다. 짧게 쓸 것, 눈치 보지 말고 쓸 것, 순간 울컥하는 순간을 잡아서 쓸 것, 그리고 유언 쓰듯이 쓸 것.

선생님의 조언으로 여러 가지 모양으로 시를 써보았고 보기에 그럴 듯한 모양새를 만들기도 했지만 시간이 지나 다시 보면 스스로 느끼기에 어쩌면 우습기도, 작위적인 것 같기도 했다. 정확히는 아직 남의 눈치를 보는 모양이다. 그래서 우선 선생님의 시 중에 내 마음에 와닿았던 시들을 추려내 보기로 했다.

선생님의 시들을 고르면서 많은 고민을 거듭했고, 고민 끝에 내가 쓴 시들은 이 시집에 올리지 않기로 했다. 선생님의 시와 같은 책 안에 들어가기에는 깊이가 부족하다고 판단했다. 나의 시들이 세상에 나올 기회는 아마도 나중, 조금 더 나중이 되지 않을까 싶다. 얄팍하다고 느껴지는 나의 내공과 부족한 용기로 이번 시집에 나의 글을 올리지는 못하겠지만, 그래도 아쉬운 마음에 선생님의 시를 보고 챕터를 나누며 떠올랐던 짤막한 글이라도 이 책에 담아본다. 시를, 또 세상을 좀 더 배우고, 알고 난 먼 시간 후에 세상에 조심스레 내놓고 싶은 나의 소망은 여전히 유효하다는 걸 알아주셨으면 좋겠다.

많은 스텝들과 구상을 하고, 콘티를 짜고, 선생님의 시들을 선별하고, 사진, 영상을 촬영, 녹음하고, 챕터를 나누고, 또 각 챕터에 제목을 붙이는 일들을 하다 보니 어느새 1년 가까운 시간이 걸렸다. 이 자리를 빌려 함께 고생해준 많은 분들에게 감사를 전하며. 이 책이 단순히 한 배우의 화보집이 아니라 책장을 넘기는 사람들에게 공감과 위로의 이야기를 전할 수 있는 한 권의 시집으로 세상에 나올 수 있게 도움 주신 나태주 선생님께도 감사하고, 사랑한다고 전하고 싶다.

그리고 가장 중요한, 이 책을 읽고 있는 많은 당신에게도 내가 받았던 위로가 전해지길 바란다.

모두가 네 탓

초판 1쇄 발행 2017년 12월 20일

지은이 나태주, 이종석
엮은이 이종석

기획   정유진
디자인 박현아
사진   안주영 / 신선재(194, 197p) / 엄미정(15, 270, 271p)

발행인 양민석
펴낸곳 ㈜ YG entertainment inc.
출판등록 2001년 5월 16일 (제10-1827호)
주소 서울 마포구 희우정로1길 3
홈페이지 www.ygfamily.co.kr
이메일 qna@ygmail.net

공급처 및 구입문의 ㈜위즈코코 (031-931-8558)

• 책 가격은 뒤표지에 있습니다.
• 저작권자의 동의를 득하지 않은 무단 전재, 무단 복제, 무단 인용을 금합니다.
• 이 도서의 국립중앙도서관 출판예정도서목록(CIP)은 서지정보유통지원시스템 홈페이지(http://seoji.nl.go.kr/index.do)와
  국가자료공동목록시스템(www.nl.go.kr/kolisnet)에서 이용하실 수 있습니다. (CIP제어번호: CIP 2017031775)
• ISBN 979-11-961848-0-3 03810